THE NEW YORKER
L'HUMOUR DES FEMMES

THE NEW YORKER
L'HUMOUR DES FEMMES

TRADUCTION ET ADAPTATION
JEAN-LOUP CHIFLET

LES ARÈNES

TEXTE INTÉGRAL

ISBN 978-2-7578-3710-8
(ISBN 978-2-35204-164-1, 1re publication)

AVANT-PROPOS

Qui aurait pu imaginer il y a six ans, lorsque nous nous sommes risqués à publier notre première traduction française de dessins du célèbre magazine *The New Yorker*, que nous étions au début d'une longue et belle histoire ?

Pour ceux qui auraient manqué le début, rappelons que depuis 1925 le dessin d'humour est la marque de fabrique du *New Yorker*, hebdomadaire culte de la presse américaine. La rédaction se vantait même à l'époque d'être la meilleure revue pour ceux qui ne savent pas lire ! En publiant une vingtaine de dessins chaque semaine, ce sont près de 90 000 « cartoons » qui constituent aujourd'hui la plus belle collection du genre. Demandez à Jean-Jacques Sempé ce que représente pour un dessinateur la publication d'un de ses dessins dans *The New Yorker.* Il vous dira probablement ce que tous les grands dessinateurs de presse pensent : la consécration.

La découverte de cette fabuleuse collection de dessins nous a donné envie de publier chaque année un livre à partir d'une thématique particulière : la France et les Français, les livres, les chats, et maintenant les femmes.

Est-il utile de préciser qu'il n'y a aucun lien à chercher entre ces sujets ?

Si, comme nous, vous avez un goût prononcé pour les dessins du *New Yorker*, vous avez dû certainement vous apercevoir que les relations humaines sont un sujet d'humour intarissable. Nous aurions pu en faire un livre de plus de mille pages, mais notre souci du détail nous a amenés à regarder plus loin et c'est là que nous avons trouvé notre nouveau sujet d'étude : la femme.

Qu'est-ce qu'une femme ? La question mérite d'autant mieux d'être posée que le vocabulaire français, dans son indigence, ne fait aucune différence entre « la femelle de l'espèce humaine » et « l'épouse d'un mari ». Ambiguïté pernicieuse qui n'est pas faite pour la valoriser : d'ailleurs, pour Simone de Beauvoir, « l'épithète "femelle" sonne comme une insulte ».

Et l'homme alors ? Les dictionnaires nous expliquent que le substantif « homme » désignerait à la fois le masculin, le neutre et le tout de l'humanité. En un mot, ou plutôt en trois, il serait donc le grand gagnant face à la femme en qui Aragon voyait pourtant « l'avenir de l'homme ».

Les dessinateurs, qui ont pour qualité première de monter en épingle nos défauts petits et gros, ont pris un malin plaisir à étudier les traits de caractère et les us et coutumes de nos consœurs. Parfois avec sarcasme, souvent avec finesse, ce recueil de dessins parle surtout avec humour des femmes et de ceux qui vivent avec elles.

Parmi les quelque trois cents « cartoons » de cet ouvrage, il y en a, surtout quand on regarde les plus anciens, qui peuvent faire grincer. Mais nous avons cherché à montrer l'évolution des mœurs à travers le prisme du monocle du dandy Eustace Tilley, figure de proue du *New Yorker*.

Des mauvaises langues nous accuseront sans doute d'avoir reproduit des dessins empreints d'un certain regard machiste ou dévalorisants pour les femmes. Si le métier de dessinateur de presse est très fortement représenté par des hommes, j'ai été agréablement surpris par la liste des dessinateurs « femmes » qui depuis trente ans grossissent

Mais pourquoi, bon sang, je ne t'ai pas écouté il y a dix ans, quand tu minaudais en disant que tu n'étais pas assez bien pour moi !

les rangs des élus et publient régulièrement dans *The New Yorker* : Roz Chast, Liza Donnelly, Carolita Johnson, Marisa Acocella Marchetto, Victoria Roberts, Barbara Smaller, pour ne citer qu'elles.

Qu'y a-t-il de plus drôle que de rire de soi-même ? Marisa Acocella Marchetto, dessinatrice de talent et fashion victim new-yorkaise, nous en livre un bel exemple avec son dessin montrant une jeune mère penchée

Moi aussi, j'ai été vieille comme vous, mais ce n'était pas mon truc.

au-dessus de son bébé, lui faisant des guilis en disant « Gucci, Gucci, Gucci ». Ou dans un autre genre, deux collègues (femmes) de bureau parlent d'une troisième en disant : « Si ça marche si bien pour elle, c'est parce que c'est la reine des garces ! » Nul n'est prophète en son pays…

Puisqu'il semblerait que le mariage n'est pas une sinécure, nous avons consacré une importante partie de ce livre aux situations les plus classiques mais aussi les plus comiques mettant en scène le mari, l'amant, l'enfant, la belle-mère, la maîtresse…

Les dessinateurs (hommes et femmes) du *New Yorker*, qui depuis 1925 ne cessent, semaine après semaine, de prôner le *nonsense*, l'absurde et l'humour décalé en privilégiant « l'overstatement », c'est-à-dire l'exagération, s'en sont donné à cœur joie, riant autant des hommes que des femmes, des maris fidèles mais incapables de comprendre leur femme, que des amants parlant parfaitement le « langage des femmes », autant des *desperate housewives* que des *working women*, autant des petites disputes que des grosses séparations.

Il y a tout dans ce livre, tout pour vous faire rire et faire prendre un peu de recul et de hauteur sur nos petits – et parfois gros – désaccords quotidiens.

À l'époque, Freud faisait un curieux constat : « La grande question à laquelle je n'ai pas encore été capable de répondre, en dépit de trente années de recherches sur l'âme féminine, est : Que veut une femme ? »

Pauvre Sigmund ! Il n'a pas eu la chance de rencontrer les dessinateurs du *New Yorker*.

Jean-Loup Chiflet

SOMMAIRE

ÊTRE FEMME

Voilà le type de voiture que j'ai toujours rêvé d'acheter !

Il y a une voix en moi qui me dit :
« Surtout ne t'arrête pas. »

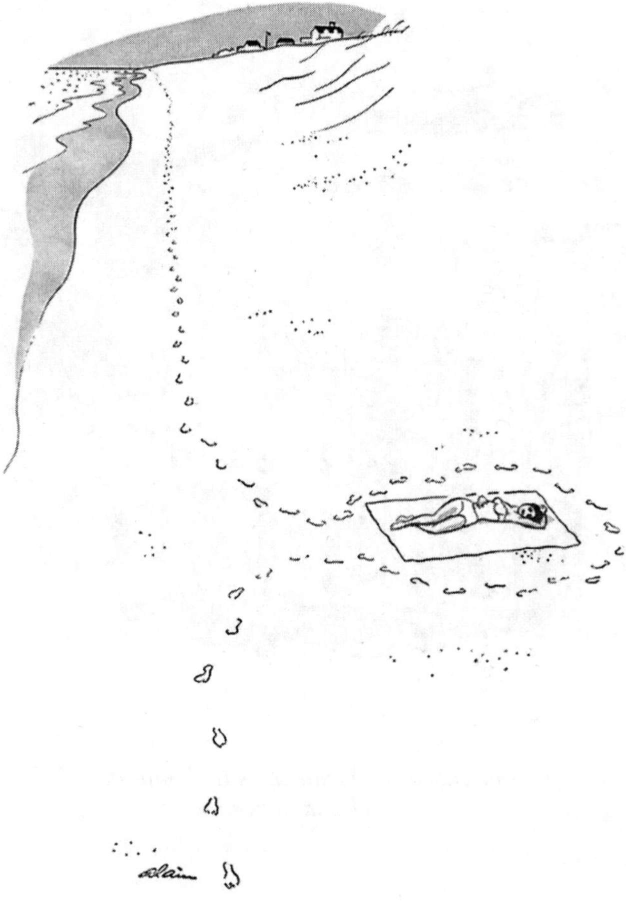

Si je ne suis pas revenue dans trois minutes,
appelez la police.

ELIZ
ELIZABE
DAVID LANGDON

Aidez-moi ! Il y a une bimbo qui sommeille en moi !

Waou ! Dommage qu'on n'ait pas nos gourdins.

Mais siffle, empoté !

cobean

cobean

L'âge avant la beauté,
jeune homme!

Cet autoportrait de l'artiste est l'un de ceux qu'il a peints au crépuscule de sa vie. On y sent ici un Rembrandt déclinant et aigri.

Regarde ! Et si c'étaient des femmes…

GUCCI,
GUCCI,
GUCCI.
MARISA ACOCELLA

La tendance pour ce printemps,
c'est le retour aux sources.

Les temps sont durs pour le commerce.
Il faut vraiment qu'on les aide d'une façon ou d'une autre.

Il n'en est pas question !

À propos, j'ai repéré un joli manteau aujourd'hui près de la rivière.

La mode est au cuir mais je ne sais pas jusqu'à quel point.

Ce serait vraiment ridicule d'avoir une autorisation de découvert et de ne pas l'utiliser !

Sexy, oui, mais sans être vulgaire.

Et en prime, nous vous offrons deux foulards Givenchy.

J'aimerais redevenir normale…

Arrête de te plaindre ! Qui n'est pas fauché de nos jours ?

Je dois m'absenter pour un problème de reproduction, mais je reviens tout de suite.

Rini

Modell

Si ça marche si bien pour elle,
c'est parce que c'est la reine des garces !

Alors, c'est vous, la fameuse femme
qui avez inventé la roue. Racontez-moi !

Chérie, je suis là !

Chéri, je suis là !

Tu peux patienter une seconde Dave,
j'ai une urgence à régler.

Enfin te voilà ! Sa gamelle est vide.

Écoute Alex, ce n'est pas parce que je ne suis pas à la maison que je me désintéresse des nouvelles housses du canapé.

La patronne est enceinte, mais cela ne veut pas dire qu'il ne faut plus s'en méfier.

Toujours les hommes, les hommes, les hommes !

Rodney est l'un des cinq hommes de ma vie.

C'est mon premier mari. Il essaie de me récupérer.

Écoutez, le problème n'est pas de savoir qui a tort ou raison, mais je vais prendre la défense d'Hélène parce que je suis une femme.

Les Pères fondateurs ! Et les Mères fondatrices alors ?

J'adore votre chapeau.

C'est mon ex. Il veut me faire une visite conjugale.

Chacun son tour.
Maintenant c'est à moi de tenir le sceptre !

Vous avez dû être un splendide quadra…

Mais on ne peut pas s'en aller sans rien acheter!
On aurait l'air de quoi?

Les femmes sont de plus en plus exigeantes de nos jours, mon pauvre Bill! Ça ne suffit même plus de faire le pitre.

Je vais te présenter Dave.
Tu vas adorer son compte en banque.

Combien gagnez-vous par an ?

Ça y est, il sort son argument de choc !

Dedini

Un million de dollars, M. Curtis,
ce n'est pas vieux du tout !

Ta part est plus grande que la mienne !

Vous plaisantez M. Harrison ?
À soixante-dix-huit ans, on n'est pas vieux !

Je ne demande rien d'extravagant :
la maison à mon nom, les meubles, les enfants,
la moitié du capital et une pension confortable.

Allons, avec tous les progrès de la science en gériatrie,
de nos jours, soixante-douze ans,
ce n'est pas si vieux que ça !

C'est sûr, Superman est chouette,
mais Batman a plus de fric, non ?

Je ne suis pas en train de manger.
Je m'automédicamente.

Tu veux dire que c'est tout ? Le dîner est fini ?

*Et, à ma droite, pesant trois kilos de plus
qu'elle ne le souhaiterait…*

J'ai tellement faim que je serais capable de manger un demi-sandwich.

On fait des progrès, Madame Findlay.
Je viens de sentir une côte !

Est-ce que mon corps
me donne l'air grosse dans ce maillot ?

Allez, ce soir, rien que pour toi, je laisse tomber mon régime.

En sachant bien, Madame, que personne
ne verra les trois côtés en même temps.

Avant, je détestais mon corps. Maintenant j'ai plutôt tendance à détester les démons qui se liguent pour me faire détester mon corps.

N'oublie pas que nous venons d'acheter des bikinis.

Ah bon ? Eh bien, je peux vous dire que j'ai vu des miroirs cent fois plus beaux que vous quand j'étais plus jeune !

Attention, le mascara est de retour !

J'aime courir le matin, mon ombre est grande et fine.

C'est le problème de toutes les femmes qui vivent en ville : la pollution a altéré votre beauté naturelle.

Mon mari m'a dit : « Surtout pas de surprise. »

Attends ! Je ne t'ai jamais dit de ne plus mettre de maquillage du tout !

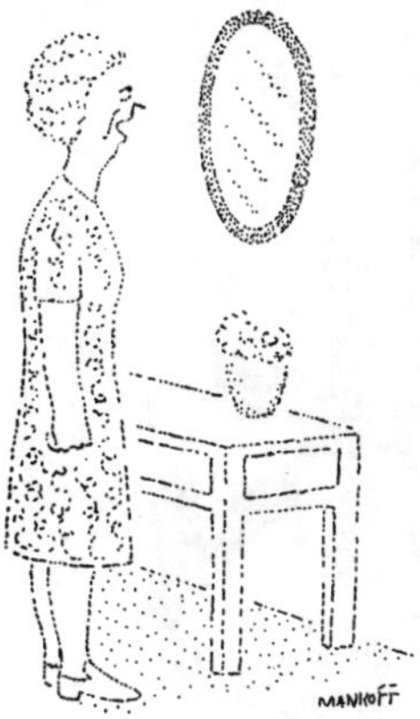

Miroir, miroir, va te faire foutre !

Quoi, vous avez un fils au lycée ?
Je ne peux pas le croire !

*Mais maman, je ne peux pas me brosser les dents
après tous les repas !*

Mais qu'est-ce que tu veux encore ?
Tu sais bien, Maman, qu'aujourd'hui je suis débordé !

Si ta mère te demande,
dis-lui qu'on a traversé dans les clous.

Ma parole ! C'est ta mère !

Je t'assure, Maman.
Tout va bien ; je n'ai pas besoin d'aide.

Arrête de t'inquiéter, Maman ! Je ne vais pas à des manifs.
Je ne me drogue pas. Je prépare juste mon examen d'histoire.

Ce n'est pas la peine de me pousser, maman. Je pars.

Laisse-moi t'aider mon chéri.

Maman !

C'est qui la meilleure môman
de toutes les mamans ?

Je ne te pardonnerai jamais ça !
Et maman, encore moins !

Pendant que tu étais en voyage,
j'ai pris des cours de danse. Ça te plaît ?

AU REVOIR CHÉRIE!
JE T'AIME!!

Va-t'en, je te dis !

Cendrillon, j'écoute.

Je vais à mon cours de risotto.

C'est bien ce que je pensais.
La condition de la femme n'a absolument pas évolué.

Chon Day

WHOOPEE!
WHEE!

Prêt ? Contact !

1

2

4

5

7

8

3
6
9
ELITE
BAKERY
KoVarsky

STEVENSON

Suite à un problème technique et en attendant de retrouver « tante Martha », nous vous conseillons de continuer à remuer la sauce et de baisser le gaz sous les oignons.

… Et puis je mets la farine et la margarine, avec une pincée de sel. Bien sûr, il y en a qui préfèrent le faire cuire pendant une heure dans un four très chaud, mais…

Zebra à Cobra – Pour la dernière fois, ton déjeuner va refroidir – Over.

Et maintenant mesdames, ouvrons le four et voyons à quoi ressemble notre soufflé.

Alan Dunn

Tu peux aller chasser maintenant, chéri.
Je suis prête à faire cuire la viande.

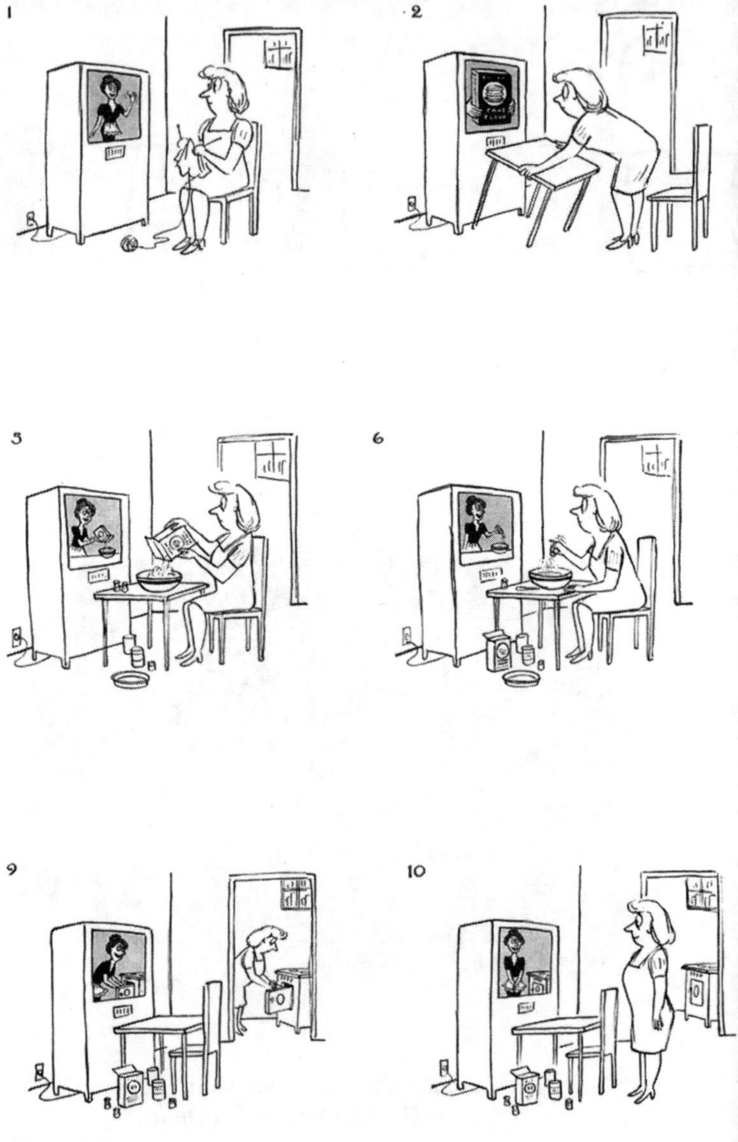
1
2
5
6
9
10

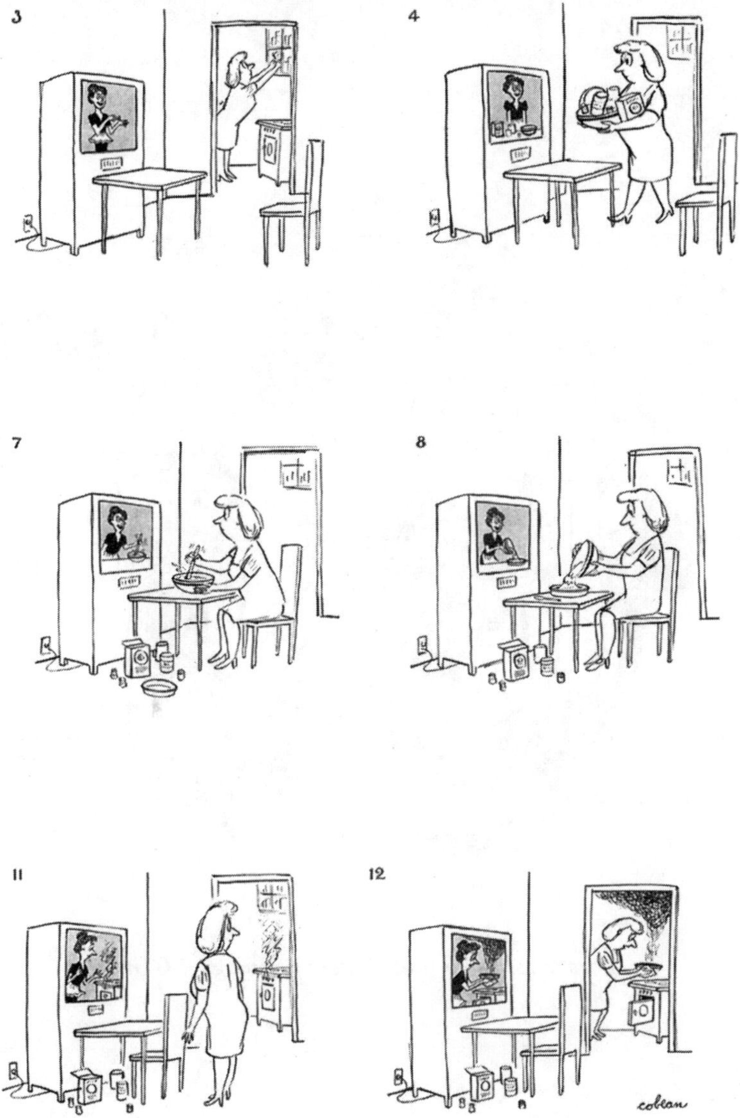
3
4
7
8
11
12
cobean

Alors, c'est là où tout s'opère par magie ! Génial !

VIVRE
AVEC LES FEMMES

O. SOGLOW

Tu es une femme. Je suis un homme. Je suis sexy.
Tu me désires. Voilà. C'est ça. Super !

Je vois que nous avons les mêmes goûts
en ce qui concerne les détergents.

Non, Randy, tu n'es pas n° 1,
mais tu es quand même dans mon top 10.

Tu ferais mieux de t'en aller. Voilà papa.

C'était magnifique, jeune homme.
Bravo ! Quand ma fille rentrera, je lui dirai
que vous avez effectivement une très jolie voix.

Tu veux vraiment me faire croire que tu es un Prince Charmant ?

J'ai beaucoup rêvé de vous,
mais je ne vous voyais pas tout à fait comme ça.

Tu te rends compte mon chéri que si nous étions mariés et installés dans ton pays, il faudrait avoir une piscine.

Ne t'en fais pas. Leur relation ne durera pas.

Je suis marié, mais ce n'est pas sérieux.

Ça me rappelle notre premier rendez-vous.

J'ai une idée !
On pourrait vivre par exemple à Venise.

Incroyable, non ? Beau, sérieux, honnête, fidèle, gonflable, que demander de plus ?

OK, vous m'aimez. Et alors, où voulez-vous en venir ?

Un homme à la maison ?
Pourquoi pas ?

Moi aussi, je pourrais vous dire des choses horribles sur les hommes. Avant, j'en étais un.

D'après ce que tu me dis,
pour un premier mari, il est parfait.

Il ne m'attire pas et on ne s'entend pas,
mais c'est le bon moment pour me marier.

Décidément les hommes sont tous les mêmes.

Crois-moi, le problème c'est que tu penses trop !

Bertha, est-ce que tu pourrais, s'il te plaît, arrêter de lire ces articles débiles du genre « comment sauver mon mariage à tout prix » ?

Tu as prévu quelque chose pour ce soir, mon chéri ?

Est-ce que je t'aime ? Que veux-tu dire par là ?

Oui, j'ai ce fantasme de te fouetter avec une cravache, mais cela n'a rien de sexuel.

Je voulais te réveiller avec une petite fellation,
mais j'ai senti que tu avais encore besoin de dormir.

Bella, mon amour, pardonne-moi. Je ne m'étais pas
rendu compte à quel point tu étais sensible.

Désolé mon chéri, mais tu connais mon point de vue sur les relations sexuelles entre mari et femme.

Pas ce soir. J'ai ce que les médecins appellent officiellement une migraine.

Il paraît qu'ils trouvent plein de nouveaux trucs sur le sexe en ce moment !

*Ne te fais pas d'illusions.
Ne crois pas qu'une petite lumière s'est allumée dans mon cœur lorsque j'ai rencontré ton père !*

Dis-moi Maurice,
est-ce que tu as des fantasmes ?

En fait il m'adore mais il n'arrive pas à passer à l'acte.

J'aime beaucoup le strip-tease,
mais les vêtements sur le sol beaucoup moins.

Ce que je fais ? J'étais en train de penser à la paix dans le monde. Et toi, tu fais quoi ?

Est-ce que par hasard tu as entendu parler de ces civilisations où le mâle aide la femelle ?

J'en ai marre de travailler à plein temps.
Je veux un job à mi-temps.

Tout a commencé le jour où je lui ai dit :
« Tu penses que tu peux faire mieux ?
Très bien, je m'occupe du ménage et toi, tu peins. »

Arthur, je te présente Tyler Broadhurst qui lui non plus ne sait pas cuisiner.

J'ai une envie folle de t'arracher les vêtements et de les mettre dans la machine à laver.

Je te signale que le président des États-Unis prépare lui-même son petit déjeuner !

Je ne traînasse pas !
Figure-toi ma chérie qu'il m'arrive aussi de réfléchir !

Maintenant que tu es le grand chef et tout et tout,
tu ne crois pas qu'on pourrait s'offrir
une femme de ménage pour le tipi ?

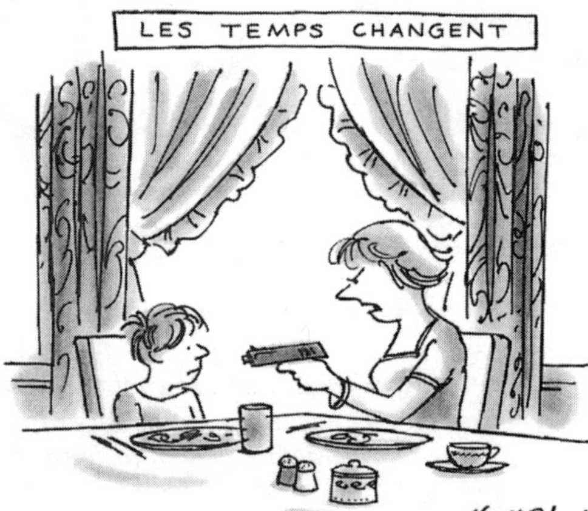

Mange tes carottes !

Peu importe que ce soit une fille ou un garçon dès l'instant que moi je suis en bonne santé.

C'est le tien ou le mien ?

Je ne te reproche pas tout,
je reproche aussi des choses à Papa.

C'est un vrai aimant à mamans.

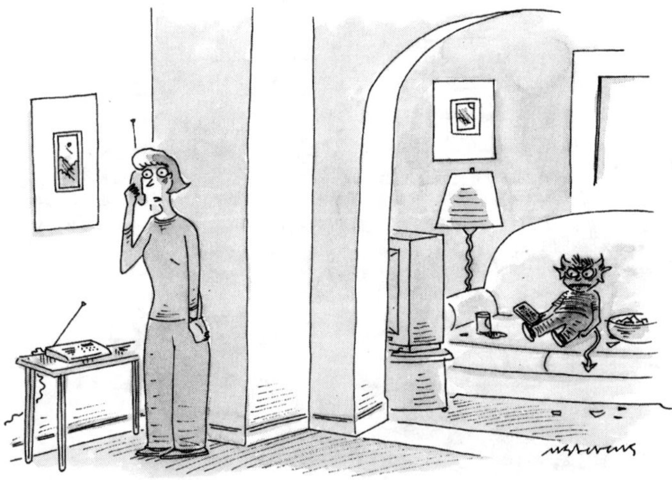

On aimerait bien venir
mais je n'arrive pas à trouver de baby-sitter.

Finalement, c'est Jason et Rachel qui forment le couple le plus solide que nous connaissions.

Ça vous gêne si je fume ?

Grands dieux, non !
Mon amour pour toi n'est pas sans condition.

Maman est séduisante, ma chérie,
parce qu'elle se rend séduisante.

Bon allez, dépêche-toi ! Il est temps de grandir.

Poubelle!

LA
FIN
DE MA
PATIENCE
EST TOUTE
PROCHE

Elle se maria puis divorça, elle se remaria et divorça, et puis elle se remaria et vécut enfin heureuse.

Je vous déteste tout autant l'un que l'autre.

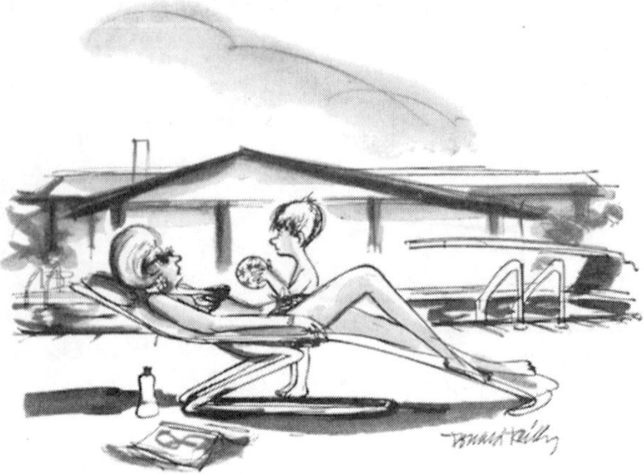

Mais non ! Les enfants qui ont des piscines chauffées ne sont pas meilleurs que toi !

Es-tu encore intéressée par ton fils aîné ?

Je viens de réaliser que cette petite voix
qui n'arrête pas de lui casser les oreilles est la mienne,
et qu'elle n'a pas fini de l'entendre !

Ô grand-mère ! Que tu as de grands yeux !

Alors, comme ça, vous aimez les enfants ?

Maman, tu commandes pour moi,
tu sais bien ce que j'aime.

Écoute bien, mon petit gars,
je ne me suis pas emmerdé pendant six semaines
à rester assis en plein cagnard sur ton œuf,
pour m'entendre dire que tu n'aimes pas la carcasse de yak !

C'est vrai, mon chéri, que je suis un drôle d'oiseau, mais je suis avant tout une maman.

LA MAISON NE
FAIT PAS CRÉDIT
TOUTES les
réclamations
doivent être
faites PAR ÉCRIT
Nous déclinons
TOUTE
RESPONSABILITÉ
en cas de PERTE
d'affaires
personnelles
B. Smaller

Et ils vécurent heureux jusqu'à la fin de leurs jours,
elle à New York et lui à Los Angeles.

Maintenant, il sait même jurer
en faisant des phrases complètes.

Avantage Maman.

Ce que je préfère dans ma situation de mère au foyer,
c'est quand ils sont à l'école.

J'adore quand tu m'appelles « Monsieur Je-sais-tout ».

Tu as tort et tu le sais. J'ai raison et je le sais.

Tu veux que je te dise ce que cela me fait de savoir quelle note tu me donnerais entre 0 et 10 ? Je m'en contrefiche !

Si j'étais une voiture,
tu saurais très bien trouver les mots.

Quand Mamie a rencontré Papy,
il était déjà marié à une femme
qui ne le comprenait pas du tout.

Merci d'être venue Olga ; j'aimerais que tu m'aides
à entrer en contact avec mon mari.

Vous êtes attendu.

J'ai juste dit ça pour produire un effet comique.

Robt
Day

– Où serais-tu si je n'étais pas là ?
– Au Sri Lanka.

*Est-ce que c'est quelque chose que j'ai dit
ou que j'aurais pu dire ?*

Parle-moi sans crainte, Alice.
Je comprends le langage des femmes.

Tu me dis et je lui dirai.

Tu veux le fond de ma pensée Andréa ?
Je pense que ta thérapie ne marche pas du tout.

*D'accord, elle a peut-être du charme ;
encore faut-il aimer le charme.*

Miroir, miroir,
qui est la plus belle ?

Aux dernières informations :
Vous : 37 %. Blanche-Neige : 43 %.
Sans opinion : 20 %.

Est-ce que j'ai une maîtresse ?
Pourquoi ? Tu me l'autorises ?

J'ai dit « pas de zoom » !

J'ai pas dit qu'elle me plaisait. J'ai juste dit « Waou » !

Si jamais ma femme était à bord,
on fait comme si on ne se connaissait pas.

C'est la chance de votre vie. Vous allez assister à ce qu'on appelle un incident diplomatique.

Calme-toi Louise !
C'était bien stipulé « jusqu'à ce que la mort nous sépare ».

Je me sens d'humeur amoureuse.
Je reviens dans quelques heures.

Où qu'il aille, Hartwell met un point d'honneur
à faire au moins une nouvelle rencontre.

C'est très aimable à vous en effet de me proposer de jouer un rôle majeur dans votre mariage. Que suis-je censée faire ?

Ils font un joli couple… sauf elle.

Écoute, je t'avais prévenue
qu'il fallait que je travaille pendant les vacances.

Georges, je t'avais averti qu'à force d'être en retard pour le dîner tu trouverais un jour quelqu'un à ta place.

Bon, assez parlé de moi ; et toi ma chérie,
qu'est-ce que tu as fait ce soir ?

On peut savoir où tu étais ? Comme tu peux le constater, ta cour est rentrée depuis un bon moment.

Qu'est-ce qui se passe ?
Tu t'es drogué ou quoi ?

Je ne suis pas rentré à la maison
pour être sermonné et critiqué !

Tu crois que ça m'amuse
d'essayer de noyer mes soucis ?

Roger, je te rappelle que tu m'avais promis de te détendre avec moi ce soir.

Tu es tellement belle quand tu es en colère…

Je t'en prie, Patsy,
épargne-moi ce vulgaire cliché !

Ton silence pesant est déjà très éloquent.
Je t'en prie, ne le gâche pas.

Où est-ce que tu as pu aller pour rentrer aussi tard
sans avoir bu ?

Tu as passé la nuit à chasser le mammouth ?
La prochaine fois, tu trouveras autre chose.
Parce qu'il a disparu depuis exactement onze ans.

Où étais-tu ? Je te signale que ton cheval, lui,
est rentré depuis deux heures.

*Je me fiche de savoir qu'il est 22 heures à Honolulu.
Ici, il est 3 heures du matin !*

Si tu me demandes encore une fois ce qui ne va pas, je vais te le dire.

OK, OK ! Tu as raison. On est perdus. Tu es contente ?

C'est les croisades ou moi !

Suivant !

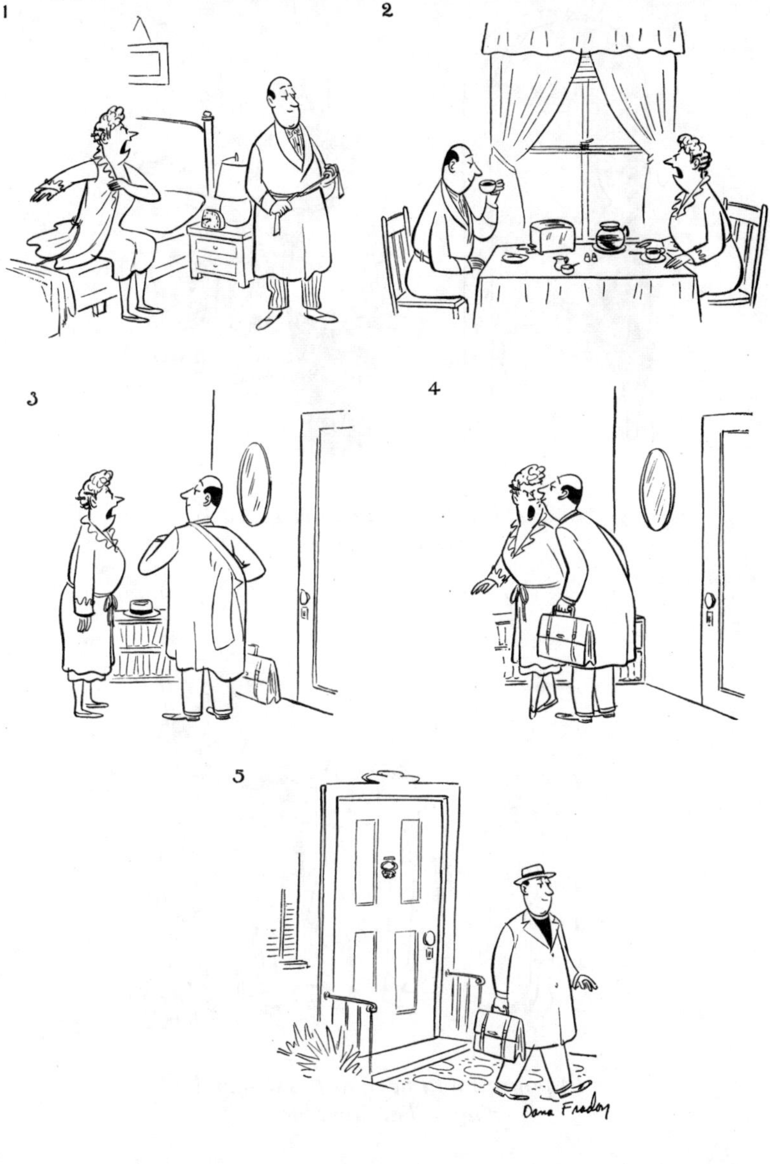
1
2
3
4
5
Dana Fradon

Si c'est le divorce que tu veux, vas-y,
dis-le franchement !

Et pourquoi tu ne m'as pas demandé
d'avoir l'air aimable ?

… et ce n'est pas fini, tu es rustre, radin, péquenot, goujat, cuistre, malotru, bourru, frustré, répugnant, immonde, dégoûtant, benêt, borné, lourdaud, rabat-joie…

1.

2.

3.

4.

5.

6.

7.

8.

Et arrête, je t'en prie, d'essayer de me faire rire !

Baisse le son ! Les voisins vont croire que c'est nous !

Souris, souris, souris! Pourquoi est-ce que je ne pourrais pas être de temps en temps moi-même?

Quand je pense à toutes les têtes couronnées que j'aurais pu épouser!

D'accord. On va réduire notre arsenal d'insultes et autres invectives d'un tiers mais à condition de les garder en réserve en cas d'urgence.

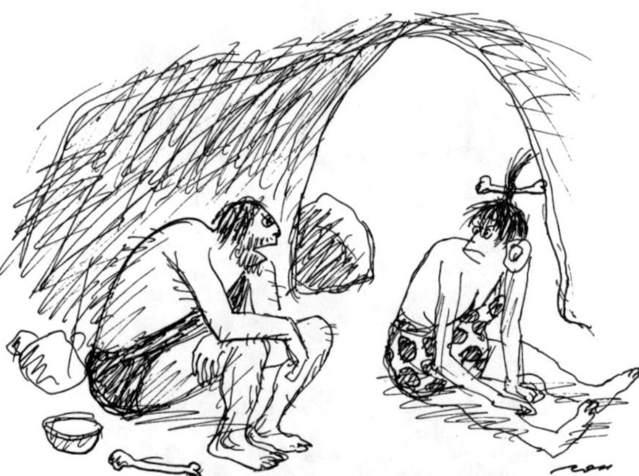

Tu n'aimais pas vivre dans les arbres, et maintenant tu ne veux pas non plus vivre dans une grotte. Faudrait savoir !

Aïe ! Ce n'est pas le bon appartement !

Je sais que nous sommes mariés, mais j'aimerais que l'on mette en place un système de garde alternée.

Ah, toi, la ferme !

Est-ce que vous avez déjà pensé à divorcer ?

Ce n'est pas possible maintenant, mais quand les enfants seront grands, Sam et moi pourrons prendre le temps de divorcer.

J'ai oublié notre anniversaire et tu m'en veux.
Ça va comme ça ?

Mais dis-le que tu meurs d'envie
de me sacrifier aux dieux !

Ton problème, c'est que tu n'es pas sociable.

Nous étions inséparables… jusqu'à notre séparation.

cobean

J'ai toujours dit que ça ne durerait pas.

Désolée, mais je crois qu'il est temps de mettre fin à ce cycle infernal d'excuses inutiles…

Entrez donc, et mettez-vous à l'aise. Moi aussi, je l'attends.

Vous n'auriez pas le même avec une crosse en ivoire ? Il y a des chances qu'il soit produit dans un tribunal.

Ferme les yeux.

De toute façon tu reviendras.

Et à part ce grand brun très beau que je vais épouser, est-ce que vous savez aussi comment je vais me débarrasser de mon mari ?

Adieu. Tu trouveras 1 825 repas dans le frigo.

Allô maman ?
On vient d'avoir notre première grosse dispute.

Index des artistes

RÉALISATION : PAO ÉDITIONS DU SEUIL
IMPRESSION : NORMANDIE ROTO S.A.S. À LONRAI
DÉPÔT LÉGAL : OCTOBRE 2013. N° 113799 (132924)
Imprimé en France